Les solides, c'est quoi?

Adrienne Mason
Illustrations de **Claudia Dávila**

Texte français de Marie-Josée Brière

Éditions
SCHOLASTIC

Conception graphique : Julia Naimska
Conseillère : Jean Bullard

5 4 3 2 1   Imprimé et relié en Chine   06 07 08 09

Catalogage avant publication de Bibliothèque et Archives Canada

Mason, Adrienne
Les solides, c'est quoi? / Adrienne Mason;
illustrations de Claudia Dávila;
texte français de Marie-Josée Brière.

(Explique-moi les sciences)
Traduction de : Change It!
Comprend un index.
ISBN 0-439-94133-4

1. Matière--Propriétés--Ouvrages pour la jeunesse.
I. Dávila, Claudia II. Brière, Marie-Josée
III. Titre. IV. Collection.

QC173.36.M3414 2006   j530.4   C2006-900324-6

Table des matières

Un monde de matière

Il y a de la matière partout autour de nous. Ton corps est fait de matière. Le petit bateau est fait de matière, et l'eau aussi. La matière, c'est tout ce qui occupe de l'espace. Elle peut être à l'état solide, liquide ou gazeux.

Qu'est-ce qu'un solide?

Les solides ont une forme définie. Les roches sont des solides. Les chapeaux et les cordes à danser aussi. Les solides ne changent pas de forme facilement. Tu peux étirer une corde à danser, mais quand tu vas la lâcher, elle va reprendre sa forme.

Peux-tu trouver trois autres objets solides sur l'image?

Changement de forme

La pâte à modeler est une sorte de solide.
Si tu changes sa forme, est-ce toujours un solide?
Tu le sauras en faisant cette expérience.

Ce qu'il te faut :

- 1 tasse de farine
- ¼ tasse de sel
- un bol à mélanger
- une cuillère
- ½ tasse d'eau chaude du robinet
- du colorant alimentaire

Ce qu'il faut faire :

1 Mélange la farine et le sel dans le bol.

2 Demande à un adulte d'ajouter l'eau chaude. Mélange bien.

3 Pétris la pâte avec tes mains. Si elle est trop collante, ajoute une pincée de farine.

4 Ajoute le colorant alimentaire et pétris encore cinq minutes.

Qu'est-ce qui se passe?

La pâte à modeler conserve la forme que tu lui as donnée. Les solides gardent leur forme tant qu'on ne fait rien pour la modifier.

5 Façonne différentes formes avec la pâte à modeler. S'il te reste de la pâte, mets-la au réfrigérateur dans un contenant de plastique.

J'ai changé la forme de cette tablette de chocolat, mais ses deux parties sont encore solides.

Qu'est-ce qu'un liquide?

Les liquides n'ont pas de forme définie. Ils changent de forme facilement. Et ils coulent. Quand tu verses un liquide dans un contenant, il prend la forme du contenant – un verre, une bouteille ou un seau, par exemple.

Combien de liquides vois-tu sur l'image?

Plus ou moins?

Dans quel contenant y a-t-il le plus de liquide?
Demande à un ami de le deviner.

Ce qu'il te faut :

- une tasse à mesurer
- de l'eau
- 3 contenants de verre ou de plastique transparent, de formes et de tailles différentes
- du colorant alimentaire

Ce qu'il faut faire :

1 Pendant que ton ami ne regarde pas, verse 1 tasse d'eau dans chacun des contenants.

2 Ajoute deux gouttes de colorant alimentaire dans chaque contenant.

3 Demande à ton ami de deviner dans quel contenant il y a le plus d'eau.

4 Pour montrer à ton ami quelle quantité d'eau il y avait dans le contenant qu'il a choisi, verse cette eau dans la tasse à mesurer.

5 Verse ensuite l'eau des autres contenants, un contenant à la fois, dans la tasse à mesurer. Ton ami va constater qu'il y avait la même quantité de liquide dans chaque contenant.

Qu'est-ce qui se passe?

Les liquides prennent la forme du contenant dans lequel ils se trouvent. Selon le contenant, on peut avoir l'impression qu'il y en a plus – ou moins – que dans un autre.

Oh! oh! Ce contenant est trop petit!

Qu'est-ce qu'un gaz?

Il y a des gaz partout autour de toi, même si tu ne peux pas les voir. L'air que tu respires est un gaz.

Comme les liquides, les gaz n'ont pas de forme définie. Ils prennent de l'expansion pour remplir l'espace dans lequel ils se trouvent, par exemple une bulle, un pneu de bicyclette ou même une pièce.

Fais le plein

**Peux-tu remplir un ballon sans souffler de l'air dedans?
À toi de le découvrir.**

Ce qu'il te faut :

- un ballon
- un petit entonnoir
- une cuillère à thé
- du bicarbonate de soude
- du vinaigre
- une petite bouteille vide (de jus ou de boisson gazeuse)

Ce qu'il faut faire :

1 Étire l'ouverture du ballon.

2 Insère l'entonnoir dans l'ouverture. Verse deux grosses cuillerées à thé de bicarbonate de soude dans le ballon.

3 Verse le vinaigre dans la bouteille, jusqu'à ce qu'elle soit à moitié pleine.

4 Avec l'aide d'un adulte, place l'ouverture du ballon sur le goulot de la bouteille.

5 En tenant le ballon à la verticale, fais tomber le bicarbonate de soude dans le vinaigre.

Qu'est-ce qui se passe?

Quand tu combines du vinaigre et du bicarbonate de soude, ils forment un gaz. Ce gaz se répand dans la bouteille et ensuite dans le ballon.

De minuscules bulles de gaz font pétiller ma boisson gazeuse.

Ça gèle, ça fond

Les solides peuvent se transformer en liquides lorsqu'ils se réchauffent. Quand un flocon de neige – un solide – se pose sur ta langue chaude, il fond et se transforme en eau – un liquide.

Les liquides peuvent aussi devenir solides quand ils refroidissent. Comme il fait froid, l'eau de cet étang a gelé et s'est changée en glace.

Rafraîchissant!

**Comment peut-on combiner des liquides
et des solides pour faire de la crème glacée?
C'est facile, tu vas voir!**

Ce qu'il te faut :

- 1 tasse de lait entier
  (un liquide)
- 1 cuillère à thé de vanille
  (un liquide)
- 1 cuillère à table de sucre
  (un solide)
- 1 petit sac de plastique
  à glissière
- 1 grand sac de plastique
  à glissière
- 12 glaçons (des solides)
- 2 cuillères à table de sel
  (un solide)

Ce qu'il faut faire :

1 Verse le lait, la vanille et le sucre dans le petit sac de plastique. Ferme bien le sac.

2 Place les glaçons dans le grand sac de plastique. Saupoudre la glace de sel.

3 Place le petit sac dans le grand. Ferme bien le grand sac.

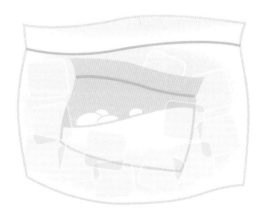

4 Secoue le sac pendant 10 minutes en écoutant ta musique préférée.

5 Mets ta crème glacée dans un bol et régale-toi!

Qu'est-ce qui se passe?

Les glaçons ont refroidi le lait et le sucre. Le mélange liquide s'est donc changé en solide : de la crème glacée.

> *Je ferais mieux de manger ma crème glacée avant qu'elle redevienne un liquide.*

L'eau sous toutes ses formes

Après la pluie, il y a des flaques d'eau. Mais ces flaques s'assèchent vite. C'est parce que la chaleur du soleil transforme l'eau en gaz. Ce gaz s'appelle de la « vapeur d'eau ».

L'eau peut être liquide, solide ou gazeuse. Peux-tu trouver, sur l'image, de l'eau sous ces trois formes?

Peins avec du sel!

Peux-tu faire de la peinture avec de l'eau salée?
Essaie pour voir.

Ce qu'il te faut :

- ¼ tasse d'eau tiède
- un petit contenant de plastique ou de verre
- 2 cuillères à table de sel d'Epsom
- un pinceau
- une feuille de papier de bricolage foncé

2 Avec le pinceau, fais un dessin simple sur le papier.

Ce qu'il faut faire :

1 Verse l'eau tiède dans le contenant. Ajoute le sel. Brasse avec le pinceau pour mélanger le sel et l'eau.

3 Laisse sécher le papier. Qu'est-ce que tu vois? Où est passée l'eau?

Qu'est-ce qui se passe :
L'eau tiède a disparu parce qu'elle s'est transformée en vapeur d'eau. Le sel, un solide, est resté sur le papier. C'est ce qui a donné une image.

Haut dans le ciel, la vapeur d'eau se refroidit et forme des nuages.

Mélanges de matières

Tu peux combiner des solides et des liquides pour obtenir quelque chose de nouveau. Pour faire un gâteau, tu mélanges des œufs et du lait (des liquides) avec de la farine, du sucre et du beurre (des solides). Quand tu mets ce mélange dans un four chaud, il se forme des bulles de gaz. C'est ce gaz qui fait gonfler le gâteau et qui le rend moelleux.

Solides, liquides et gaz

La matière, c'est tout ce qui occupe de l'espace.
Elle peut être solide, liquide ou gazeuse.

Les solides ne changent pas de forme facilement,
sauf si on les presse, si on les étire, si on les réchauffe
ou si on les refroidit.

Les liquides peuvent couler.
Ils prennent la forme du
contenant dans lequel
ils se trouvent.

Les gaz n'ont pas de forme.
Ils se répandent pour remplir
l'espace qu'ils occupent.

29

Pour les parents et les enseignants

L'information et les activités contenues dans ce livre visent à présenter aux enfants les solides, les liquides et les gaz. Voici quelques idées pour pousser plus loin cette exploration.

Un monde de matière pages 4 et 5
Tous les êtres vivants et tous les objets inanimés sont faits de matière. Cette matière a une masse et occupe de l'espace. Expliquez aux enfants qu'ils peuvent voir, toucher ou sentir la matière. Celle-ci se présente essentiellement sous trois formes : solide, liquide et gaz. Demandez aux enfants de décrire et de classifier la matière qu'ils voient sur l'image et dans le monde qui les entoure. Sur l'image, il y a plusieurs solides : l'arbre, le bateau, les gens et les fleurs. Le liquide, c'est l'eau de l'étang. Le gaz, c'est l'air ambiant, et aussi celui qui est emprisonné dans les bulles de l'étang.

Qu'est-ce qu'un solide? pages 6 et 7
Les solides ont une masse et une forme définies. Les solides « durs » les plus courants sont le métal, la pierre, le bois et la glace. La matière solide garde sa forme tant qu'une force extérieure n'agit pas sur elle. Il faut beaucoup de force (pression ou traction) pour modifier certains solides. D'autres peuvent changer de forme plus facilement; il suffit d'une légère force. Apportez différents solides – par exemple un crayon, un trombone, une éponge, un ruban et un biscuit – et invitez les enfants à les examiner. Emmenez les enfants en excursion, à l'extérieur ou à l'intérieur, et demandez-leur de trouver d'autres solides.

Changement de forme pages 8 et 9
Les solides gardent leur forme à moins qu'on ne les presse ou qu'on ne les étire. La pâte à modeler est un solide dont on peut modifier la forme facilement. En travaillant avec de la pâte à modeler, les enfants pourront constater que celle-ci garde la forme qu'ils lui donnent. Discutez avec eux d'autres façons de changer la forme des solides, par exemple briser un crayon, couper un ruban ou émietter un biscuit. Comme avec la pâte à modeler, les morceaux plus petits qu'on obtient de cette façon gardent leur forme et sont toujours des solides.

Qu'est-ce qu'un liquide? et **Plus ou moins?**
pages 10 à 13
La matière liquide coule. Laissez les enfants faire des expériences avec différents liquides, par exemple du lait, du miel liquide, de la mélasse et du jus. Apportez des contenants de tailles et de formes différentes. Versez les liquides d'un contenant à l'autre pour montrer comment ils coulent. Le miel, par exemple, coule plus lentement que le lait. (Certains petits solides, comme du macaroni sec ou des bonbons, peuvent aussi « couler », mais ils ne changent pas de forme une fois versés.)

Qu'est-ce qu'un gaz? pages 14 et 15
Les gaz n'ont pas de forme particulière. Ils prennent de l'expansion et remplissent le contenant dans lequel ils se trouvent. Les enfants peuvent avoir de la difficulté à visualiser cet état de la matière. Expliquez-leur que l'air qui se déplace quand il vente ou quand eux-mêmes soufflent sur leur main est un gaz. Pour illustrer comment les gaz se répandent pour remplir l'espace ou le contenant dans lequel ils se trouvent, ouvrez un sac de maïs soufflé qui vient d'être préparé au four à micro-ondes. Le gaz chaud qui s'échappera du sac remplira la pièce. Expliquez aussi aux enfants que ce sont des gaz qui répandent l'odeur du pain, sur l'image.

Fais le plein pages 16 et 17
Le ballon se gonfle parce que le gaz prend de l'expansion pour le remplir. Quand ce gaz pousse sur les parois du ballon, celui-ci grossit. Le gaz produit par cette réaction est du dioxyde de carbone.

Ça gèle, ça fond et Rafraîchissant!
pages 18 à 21
Les solides et les liquides peuvent changer d'état quand ils sont refroidis ou réchauffés. Montrez quelques exemples aux enfants : congelez du jus pour faire des sucettes glacées, ou encore faites fondre du chocolat ou du beurre en le plaçant devant une fenêtre ensoleillée. Le beurre et le chocolat reprendront leur forme solide quand vous les mettrez au réfrigérateur (pour les refroidir).

L'eau sous toutes ses formes pages 22 et 23
L'eau est la seule substance qui se trouve dans la nature à l'état solide, liquide et gazeux. Aux pages 18 et 19, les enfants ont vu ce qui se passe quand l'eau gèle et se transforme en solide (la glace). Ici, ils peuvent voir comment l'eau s'évapore (et passe de l'état liquide à l'état gazeux).

Expliquez aux enfants que l'eau peut aussi passer de l'état gazeux (la vapeur d'eau) à l'état liquide quand elle est refroidie. C'est ce qu'on appelle la « condensation ». Les nuages, comme ceux qu'on voit sur l'image, se forment quand la vapeur d'eau se refroidit et se condense en gouttelettes d'eau.

Peins avec du sel! pages 24 et 25
Cette activité montre les effets de l'évaporation. En s'évaporant, l'eau se transforme en vapeur d'eau (un gaz) alors que le sel (un solide) reste sur le papier. Donnez d'autres exemples d'évaporation, par exemple quand un maillot de bain mouillé sèche pendant une chaude journée d'été.

Mélanges de matières pages 26 et 27
L'eau peut geler, fondre, puis geler de nouveau sans devenir une nouvelle matière. Il arrive cependant, quand on change l'état de la matière, que le processus ne puisse pas être inversé. Dans cette activité, les enfants voient ce qui se produit quand on mélange des solides et des liquides et qu'on les fait cuire. Le solide qui en résulte – le gâteau – est une nouvelle matière. La transformation est irréversible. Demandez aux enfants ce qui se passe quand ils font cuire (chauffer) un œuf. Le changement peut-il être inversé?

Solides, liquides et gaz pages 28 et 29
Demandez aux enfants de découper, dans des magazines, des images représentant les trois états de la matière. Affichez au mur un tableau en trois colonnes : solides, liquides et gaz. Invitez les enfants à placer leurs images dans la colonne qui convient. Pour la colonne des gaz, ils peuvent choisir des images illustrant l'effet d'un gaz, par exemple un cerf-volant ou un drapeau flottant au vent.

Mots à retenir

gaz : matière qui prend de l'expansion pour remplir l'espace qu'elle occupe

liquide : matière qui coule et prend la forme du contenant dans lequel elle se trouve

matière : toute substance – solide, liquide ou gaz – qui occupe de l'espace

solide : matière qui conserve sa propre forme

Index